사랑의 계절

국립중앙도서관 출판시도서목록(CIP)

사랑의 계절 : 정의웅 제2시집 / 지은이 : 정의웅. -- 서울 : 한누리미디어, 2016
    p. ; cm

ISBN 978-89-7969-723-0 03810 : ₩9000

한국 현대시 [韓國現代詩]

811.7-KDC6
895.715-DDC23   CIP2016024264

정의웅 제2시집

사랑의 계절

한누리미디어

시인의 마음

긴긴 세월 따라 흐르는 물 위에
조약돌을 던지듯 다정한 시를 띄우고
나 스스로 부족한 마음의 그림을 그리듯
흐르는 물 위에 세월이 지나가고
가을 달빛은 물 위에 일렁이는데
잠자는 영혼을 그냥 놔두고 쉬어가게 할 수 없었습니다.

깊어가는 가을을 재촉하는 끝자락 추녀 밑 귀뚜라미
먼 창공에는 기러기 쓸쓸한 울음으로 외롭고
소슬바람에 흐느끼는 마음
한 잎 두 잎 흐르는 강물에 담아
독자들의 성원에 힘입어
처녀작《꿈으로 온 한 세상》을 뒤로하고
제2시집《사랑의 계절》을 펴내게 되었습니다.

이를 진심으로 감사드리며
그대들 마음 속에 아름다운 여운을 남겨
사랑하는 나의 혈육과 소중한 인연들께
다시금 감사드리고 먼 조상 부모님의 영전에
이 글을 다시 한 번 올려드립니다.
감사합니다.

차례 Contents

제1부 사랑의 계절

| 정의웅 제2시집

정의웅 제2시집
사랑의 계절

제2부 소금의 노래

11

차례 Contents

제 **3** 부   야누스

12

정의웅 제2시집
사랑의 계절

제4부 늑대의 긴 턱

13

차례 Contents

제 **5** 부   빙어 낚는 아이들

14

부메랑

던지면 던질수록 맑고도 머언 공간에
뻐근하게 안겨주는 기이다란 여운

한 가닥 애틋한 부정을 다시금 아득히
남기며 끝도 소리도 없이 지나가 버리지만
품안의 혈육의 정을 가늠할 수 없다네

아는가 그대는
둘이서 엎치락뒤치락 보이지 않는 미래를
끊임없이 기다랗게 그리고 있다는 것을

빛부신 미래에로 서로는 다짐하는 마음으로
하나의 시공을 넘나들며 아득히 다시금 던져도
끝내 갈르지 못하고 되돌아오는 저 거센 날개를
우리는 서로가 담고 있는 것이야

사랑의 계절

여명이 밝아올 즈음
님의 마음 속으로
뜻을 따르고

희미한 미래를
바라보는 것도
사랑이 있어
이 세상에 환생(還生)하였고
진정한 영혼의 뜻으로
하루를 지새우네

사랑이 없이
바라볼 수도 없고 만날 수도 없네
맑은 영혼의 가르침으로
우린 살아가리라

이 세상에 존재하는
님으로부터 물려받은 육신
그 자체가 사랑의 결정체이기에
섬김 아님이 없고
진정 사랑의 계절이라네

신은 나에게

님의 마음이여

신은 나에게 숱한 날을
간간히 쉬어가는
저 먼 초원과 같은 들판에
꿈꾸며 그리워하는
영혼과 현실세계를
두루두루 거쳐 가시는
얕은 곳과 깊은 곳을
면면히 바라보시며
수줍은 마음의 영상을
고스란히 비춰주시는
고맙고 아쉬운 마음 속에
하염없이 흐르는 눈물로
뜬구름처럼 사라져 버리는
비애(悲哀)는 순수한 감정으로
님의 마음을 포근하게
모셔드려 바라보며
잠재워 영영 잊을 수 없는 그리움으로
마음에 영원히 영원히
아름답게 간직하리라
다정한 마음을 그리는 님의 마음이여   *스승님을 그리며

모든 이는

모든 이는 높은 언덕을 오르듯
움직이는 생명체는
쉼 없이 오르고 또 오르고
가는 곳마다 욕망의 그림자가
따르고 따라가지만
밝은 마음 맑은 마음만으로
살아가야 하는 현실 속에서
순간의 어두운 마음으로
한 순간을 고통 속에
숨 가쁘게 몰아넣지만
한 편 어려운 위치에
그릴 수 없는 망막 속에
어른거리는 헤아릴 수 없는 곳에
솔로몬의 지혜는 현명한 판단과 결단력으로
빛을 바라보는 생명 중에
냉철한 판단으로
옳고 그름을 가르고 이루어내고 있으리라

19

*솔로몬은 이스라엘 왕국 제3대 왕이며 현명한 판단과 결단력으로 지혜의 왕으로 알려졌다. 한 아기를 놓고 두 어머니가 싸우는 것을 재판했다는 전설로 유명하다.

그리운 날들이여

시간의 흐름을 잡을 수 있을까
어두운 구름 속에 달 가듯 세월은 가고
나만이 소유하는 전유물인 양
시간의 흐름은 순식간에
넓고 넓은 세상을 뒤덮고 있네
흐름이여 멈추어다오
부르고 불러도 뒤돌아보질 아니 하고
제 갈 길로 뜀박질하듯
영혼과 그림자를
멀리서 손짓하듯 흘러가 버리고
황량한 들판에
숲이 우거진 깊은 산속 초여름이 왔다고
뻐꾸기 노랫소리 들려오지만
초여름이 짧게 지나간다고
아쉬운 뻐꾸기 뻐꾹뻐꾹 슬피 울어 여위고
나는 외로이 홀로 남아있네
시간의 흐름은 잠시도 잡아도 잡히질 않는
잡힐 듯 잡힐 듯 잡히질 아니 하고
흘러가는 시간이여
나 스스로 오래오래 머물 수 있을 수 있을까
먼 하늘과 땅 사이에

가장 냉혹한 날들이여
영원히 소유할 수 있게 멈추어 다오
그리운 날들이여

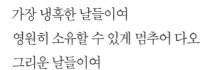

아침 이슬 되어

신이 내리신 이들이여
푸르름에 흰 구름 타고
신비의 계곡에서
넓고 넓은 초원을 걸으며
휘몰아치는 비바람 맞으며
남모르는 고뇌를 안고
햇살이 비치는
초원의 풀숲에서
잠시 아침 이슬처럼 쉬었다가
신이 부르시는 영혼의 소리 듣고
먼 먼 발자국 속으로
하늘나라 아침 이슬이 되리라

정의웅 제2시집

봄나들이

들에는 봄볕을 새워내는
따사로운 빛을 맞으며
잔잔한 음성으로
종달새 높이 높이
창공을 날고
노고지리 우짖는데
멀리 멀리 울려 퍼지는
하얀 깃털을 세우고
가슴을 피면서
지나가는 나그네를
우러러 살펴보며

조용히 서로 서로 사랑을 나누며
하루도 짧고 짧은
뒤뚱뒤뚱 흔들리는
뒷모습으로 또 다른
세상을 바라보면서
나뭇가지 사이 햇빛을 기리며
물 속에 사라져가는
봄볕을 쬐이는 거위들이
봄나들이를 가네

오늘 이 순간도

불안은 생명체의 아름다운
영혼 마음 생명체의 합리성과
선의 삶의 품격마저도 저버리네
생명체의 생명은
무수한 삶의 집착과 지혜에서
비롯되고 불안 때문에 본능적으로
불안한 미래를
우린 더욱더 열심히
스스로 심리적 본능으로
무엇인지 최선을 다해
잘 할려는 스스로의 본능은
저버릴 수 없네

오늘 이 순간도 미완성이고
불안한 마음을 아름다운 내일을 위해
불안과 미완성은 영원히 우릴
기다리고 있네

24

세상에 눈을 뜨다

빛과 어둠이 넘나드는 기슭에
외로이 홀로
울음으로 세상의 빛을
무의식 순간에
희미한 미래를
선지자의 가르침으로
하나 둘 익히며
넓은 세상을 걸을 때
스스로 느끼는
한 조각 종이 조각을 쥐고
이것이 모든 걸 이룬다고 느낄 때
우린 성장해서
낯모르는 연인들과
마주하는 미래를
한 순간 바라보고
어려운 시련을
겪고 겪으며
모든 걸 이루려고
하는 마음으로
어둡고 밝은 세상에
눈을 뜨게 되었네

그대 품속에

비바람 휘몰아치는
언덕에 오르면
저 멀리 자욱한
눈보라 휘날리는
밝은 해도 까마득한
푸른 숲에 머물러
그대는 아는가
따뜻한 마음의 사랑도
스스럼없이 그대를 감싸고
하루해도 짧다고
메아리치는
이름 모를 따뜻한
만남의 그림자가
그대에게 다가오고 있으리라
그대는 아는가
그대 품속에

| 정의웅 제2시집

꽃이 있어 사랑이

사랑이 있어 열매가
수수만년 지나가는 구름 속
그 속에 신비의 노을이
서산에 저물고

비바람 눈보라쳐도
오직 삶은 스스로
들에 핀 한 떨기 꽃잎이
피고 또 지듯이

사랑이 있어
꽃잎이 스스로 피고 지고
새로운 미지의 세계로
참고 참았던 기다림은
쓰디쓴 속세풀처럼
쓰고 쓰지만

사랑으로 해맑은 모습
영글은 그 열매는
탐스럽고 아름답게 익어
달고 달 뿐이네
삶은 고뇌(苦惱)를 뛰어넘어야

다가오는 계절

아직은 이르다
먼 산 눈 녹지 아니 한
소슬바람이 불어오고

멀고 먼 남녘 땅에
제주에 유채꽃이
앞을 가리는
노오란 꽃들이
온화한 봄바람에
시새움을 하듯
발길을 멈추게 하고

초생달만 외로이
하늘과 땅이 맞닿은
저 멀리 산속에
뻐꾸기 울어 여위고
훈훈한 푸르름을
나뭇가지 사이에
매미의 가냘픈 소리도
귀막을 울려 지새우고

28

계절의 흐름은 어김없이
우리의 마음을
코스모스 산들산들
쓸쓸하게 먼 날을 가는 길에
산들바람에 흔들리고
들녘에 영글어가는 벼이삭
길가에 가로수가 누릇누릇 단풍이 물들고
멀지 않은 계절이 어김없이
다가오고 있네

그 열매는 달다

그대 마음 속에 아름다운 환상이
그대 마음에 향기를 지니고 있는가
잠시도 쉬지 않는 마음은
마음 밖의 일이란
모두가 그대 마음 속에

바람에 날리는 갈대와 같이
상상하고 꿈을 꾸지만
꿈은 조그마한 불씨로
활활 타오르는 모닥불처럼
우리의 마음 속에 깊숙이 빠져드는
향내음으로

지켜보는 자마다
짙은 향내를 맡고 지나가듯
모든 건 열정적으로
시나브로 퍼져 나가는
향내음처럼
아름다운 그 날까지
그대 마음 속에 아름다운 환상이

가지를 마오

먼 먼 지난 날
티 없이 순수한 마음을
고요한 흐름 속에 밀어붙이고
옳은 일은 자신을 위해
깊이 깊이 뒤돌아보고
바람에 날리는 미래를 상상하고
미세한 바람에도 흐느끼는
인간은 생각하는 갈대와 같고
빛이 있는 아지랑이 아롱거리는
맑고 깨끗한 그날을
맑고 밝은 눈으로 뜨는 해 지는 해
명철하게 바라보고
고요히 들려오는 영혼의 소리도
차분히 더듬으며 알아듣고
말을 하라 조심조심 선한 것을
가르치듯 옳은 것을
누구든 도움 되는 말을 하고
무한과 허무함 위대함과
비참한 사이에 떠도는
곧은 길 바른 길로 험하고 가파른 곳은
길이 아니면 가지를 마오

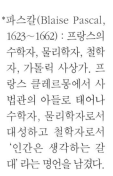

*파스칼(Blaise Pascal, 1623~1662) : 프랑스의 수학자, 물리학자, 철학자, 가톨릭 사상가. 프랑스 클레르몽에서 사법관의 아들로 태어나 수학자, 물리학자로서 대성하고 철학자로서 '인간은 생각하는 갈대' 라는 명언을 남겼다.

정신력의 기적(miracle)은

보일 듯 말 듯 희미한 가로등
먼 날을 바라보며
보이질 아니 한 꿈과 이상을
한 아름 가득히 가슴에 담고
새싹이 움트듯
하나하나 상상하고
엮어나가듯
마르지 않는 개울물이
아낄 수 없이 흐르는 물처럼
스쳐 지나가고
어려운 미래는
보이질 아니 한
상상의 나래로 색깔이 바뀔 듯 말 듯
카멜레온처럼
모든 생명체는
무의식 세계에서
삶의 철저한 보호본능으로
모든 건 자연의 순리로
정신력의 기적은 있다

캄캄한 한 순간

캄캄한 한 순간
꽉 막힌 벽면 뒤에
미세먼지만
바람에 초연히 지나가는
아무도 지나치지 아니 하는
벽면 뒤 움츠린 탐욕이
그대를 바라보네

귓전에 가까이 들리는 소리는
한 가닥 바람이 스친다고
귀 기울이지 말고
그냥 지나가는 바람이라
상상하고 마음이 지나가면
이제 끝이 오고 있네

슬픔도 가버린 바람이 되겠지
그대 뇌리에서
슬픔이 사라져 버렸으니 말일세
슬픔이 멀리 떠나간 모든 것

제 2 부

소금의 노래

소금의 노래

이 지상으로 그물 드리운 그 솜씨
그리움 속 먼 날의 그 감각의 맛 언저리로
모든 어두움이 내린 벌판
누구냐 혼자서 서성이는 이

상상이 필요할 땐 꿈을 꾸는 거야
하나하나 모두를 엮을 수 없을 정도로
그때그때 피조물은 신의 능력으로
모든 걸 이루신다고 하더구나

아쉬워할 땐 언제나 소중하게만
이루어지고 있다네 그 빛나는 한 줌
그리고 그윽한 노래 한 가닥
행복이 머무는 곳

| 정의웅 제2시집

먼 지난날은

까마득히 먼 지난날
보이질 않는
희미한 안개 속으로
우연히 만난 지난날
바람처럼 스쳐 간
먼 먼 그리움 속에
너울져 뜬구름처럼
하나하나
길 떠나지 못한
그리움 속에
잊혀질까 잊혀질까
잊혀지지 아니 한
아직도 지워지지 아니 하고
영원히 영원히
사랑하고 있어요
아직도 버리지 못한
한 가닥 미련을

37

새끼 원앙 세상 나들이

이른 새벽
따사로운 봄볕을 맞으며
이제 시작이다
가슴 조이며
아름답고
때론 거친 순간을
서로서로 나누고
일렬로 서서
진지한 앞날을 바라보며
조심조심 걸어가는
엄마 뒤를 따라

이제 시작이고
멀고 먼 밝은 날을 바라보며
조용히 아무런 느낌 없이
나아가고
밝은 날을 보고 따라가네

깊이 멀리 사려 하고
한 발짝 두 발짝
옆을 의식하고

앞만 바라보고 가네

스스로 이루지 못하면
엄마 뒤를 따라오는
사랑 깃든 마음 속에
행여나 상처가 숨을 쉴까
마음 여린 미래를
거두지 못하고
순간도 쉴 수 없이
모두를 거느리며
다가가고 있네
밝은 미래를
새끼 원앙 세상 나들이

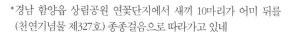

*경남 함양읍 상림공원 연꽃단지에서 새끼 10마리가 어미 뒤를
(천연기념물 제327호) 종종걸음으로 따라가고 있네

오가는 계절

한낮의 따스한 햇빛이
창틀에 매달려
스치는 사람들을 바라보고 있네

도심의 하루는
종종걸음으로
이룰 수 없는 시간을
자그마한 하루의 캔버스에
수놓듯이 새기고 새겨도

때늦은 오늘도
창 너머 늘 푸른 향나무는
푸르른 색깔로 채색하지만
지나온 하루의 시간을 손꼽아보면
하루는 늘 사라져가는
플라타너스 잎이 바람에 휘날리는
까마득한 옛 추억 속으로
잘려 버리고

삭막한 들녘에 기러기떼
날아드는
오가는 계절이었나 보네

| 정의웅 제2시집

들에 핀 꽃

어둠 속 동녘에 밝아오는 빛이
스치는 실바람에 흐느끼는
하얀 달은 허공에 머물러 있고

한낮은 밝은 태양이
그대 가슴에
어느덧 서산에 노을져
들에 핀 아름다운 꽃

스쳐가는 바람에도 나부끼며
한 잎 두 잎 떨어져
멀리멀리 사라져 가네

자연 그대로

새벽녘에
조용한 오솔길
먼 창공을 바라보고
푸르른 허공에
날 듯 날지 아니 하고
제자리에 바람에 나부끼는 솔뫼
산길을 걸으면

낯익은 풀들과 나무들
모두가 내뿜는
산뜻한 향기와
지나가는 산새와 눈을 맞추면

나무의 수령을 알 수는 없지만
나이 어린 측백나무
꿋꿋이 서 있는 그 모습
스치는 바람결
자연의 품속은 풍요로운 마음의 고향
아름다운 그림과 같은
자연을 우린 느끼고
긴 긴 세월 속에 머물러 있으리라
자연 그대로

42

일어나라 잠시 잠깐

고요히 머무는 것보단
움직이면 모든 걸 바라보고
밝고 넓은 세상을
또 다르게 조여들게 되고
가진 것을 베풀게도 되고
없으면 멀리서 더 멀리서
찾아야 되고
한 아름 껴안으면
만족할 수 있을까

이미 멀리멀리 다다르고
모든 것 자체가
사그라들고 줄어들고
과거와 다른 미래는
또 다른 앞날에 이르게 되고
다시 일어날 수 있는 힘을
더는 바라볼 수도
베풀 수도 거둘 수도
마지막 남은 조그마한
마음이라도 한없이 베풀게 되면
언젠가는 돌아온다
일어나라 잠시 잠깐

푸른 하늘 그리고

거기 더 푸른 바다
갯벌 옆 모래사장을 걸으며
희미한 지난날의 보이질 않는
아름다움도 지나고 나면
모두가 사라지는 것

보일락 말락 주어진 일에
온 정성을 다해 골몰하리만큼
마음과 뜻을 기울여 상상(想像)하는 것도
모두가 지나면
다가오는 현실을 주시하고
또 다른 미래의 이상을 그리는 것도
하나의 집념에서 비롯되는 것

이 모두를 잊고
무아의 경지에 멀리서 밀려오는
파도소리와
나지막한 음성으로
자기 자신의 실체를 잊어버릴 때
모든 걸 잊을 수 있는 마음이
가볍게 머무는 순간의 행복이리라

44

어디인가

하루도 조용히
먼 날을 가늠하며
희미한 상상의 나래를 펴고
끝없이 펼쳐서 이제 조그마한
좌표를 마음에 담고
살피며 떠나야 하네

마음에 그리던 미래를
보이지 않게 살포시 담아서
남모르는 마음 속
허실 없는 희미한 가로등 사이로
거침없이 차분히
빠른 움직임으로 다가가고 있네

45

꿈속으로

고요한 맑고 드높은
하늘 아래 비구름 그친 뒤
해맑은 그림자로
풀잎에 아침 이슬

새벽녘 밝은 빛을 받아
오색영롱한 빛으로
반짝이면서
짧은 시간을
자랑하듯 지나가지만
언젠가는 아무런 흔적도 없이
가버린 그 옛날
이젠 찾을 길도
바라볼 수도 없는
그 자리로 그 순간으로
영원히 영원히 돌아와 버렸네
아름다운 꿈속으로

46

지나가는 것

살아간다는 것은 아름다움을 느끼며
꿈 희망 사랑을 일순간 일초간
신(神)의 선물이네

육신은 아름다운 영혼과
의식을 담아내는 그릇이고
신(神)과의 대화를 이루고
활활 타버린 모닥불일 것이네

우린 지혜롭게
망망대해에 돛단배에 올랐고
짙푸른 바다를 건넜고
이제 뭍에 이르렀네
밝고 맑은 하늘 아래
배에서 고요히 내리게
우리들은 이렇게 지나가는 것이네

다가오는 시간은

우릴 가슴 그득히 감싸지만
스치는 시간은 우릴
기다려 주질 아니 하네

영영 잊어버리고
시간을 아껴 쓰듯
상상을 초월할 수밖에
시간은 황금이네

많은 것을 읽고 또 보아도
기억 속에 깊은 영상으로
하나하나 간직하고
끝없이 상상하고
깊이 새겨진 깊숙이 간직하는 것만이
아는 것은 힘이 되네

모든 건 마음과 뜻대로
이루어지는 건 아니네

노력하고 집요한 생각도 상상으로 그릴 수도
삶은 하나의 풍요로운 계절처럼 담겨 있어

먼 미래를 상상하게 되고
물이 있는 현실을 추종할 뿐이며
물질은 진정 생활이네

모든 건 다가오는 시간이었네

아침 노을

저 멀리 떠날 듯 떠날 듯
떠나지 아니 하는
연분홍 그림자
내 마음을 머물게 하네

먼 곳 가까운 곳
모두 다 함께 그리고
언젠가 떠날지
나도 모르게
머물러 있네

우린 한 가닥
마음을 담고
잠시 머물 듯
언젠가 떠나는 마음
그대 깊은 마음 속에
나도 잠시 머물고 있네

언제나 하나 되는
그대와 나
함께 늘 푸른 하늘에

구름처럼 서서히
노을도 마음도 다함께
영원히 영원히 떠나가 버렸네
연분홍 아침 노을이

꽃반지

서로가 서로를 모르는 순간
서로를 느끼는 마음
다소곳이 마음을 나누고
밝은 미래를 둘이서 느끼는
조그마하게 피어오르는
향기로운 향내음처럼
모두를 감싸는 마음
서로서로 영생을 그리며
천년을 기약하는
아름다운 꽃반지
꽃으로 이어질까
사랑으로 이어질까
지칠 줄 모르는
가냘픈 손가락 위 반짝이는 꽃반지
멀리 바라보는 순수한 마음 속
영원을 기약하리라
이름 모를 천년을 약속한
아름다운 꽃반지

| 정의웅 제2시집

실착행위(失錯行爲)

모든 걸
그리워해도
멀고 먼 곳을
찾을 수 없듯이

먼 추억 속에
언제나 머물고
지나가지만

상상을 한다고
찾아드는 건 아니네

어느 날 고요히
깊은 휴식 속에
남모르는 어두움 속
바람처럼 나타난 영상이
그대의 영혼 속에
나타난 것이
꿈은 하나의 실착행위

잃어버린 것은

멀고 먼 까마득한 구름 속
기다림과 속삭이며
하루는 그렇게 시작되네

달 표면에 중력 기압 토양까지
모든 걸 모아서
새로운 환경에 적응할
문 빌리지(moon village)를
짓겠다고 유럽우주국(esa)
요한디트리뷔르네
유럽우주국장은
화성을 탐사할 예비 단계라며
우주정거장(iss)은
3차원 차원에서
새로운 프린터로

달의 남극 분지에
춥고 어두운 땅에
건설하겠다고
토양의 화학물질과
얼어붙은 대량의 물도
있을 걸로 추정되어 최적의 입지

54

러시아 연방 우주청은
5년 내 달에 탐사로봇을 보내는
루나27 계획을 추진중이며
2030년 말에 문빌리지에
200명 입주 예상
미국은 달을 넘어
화성 진출을 꾀하고
슬픔의 눈물을 머금고
2033년엔 화성에
우주인을 보낼 계획이라고

미국 항공 우주국은(nasa)
마션 개봉에 맞춰
화성 서바이벌을 위해
개발된 우주 기술을
공개하기도 했고
우리나라도 지난해
미국 자크(xarc)사와
공동으로 우주 기술 개발에
관심을 가지고 있었다

멀고 먼 잃어버린 영혼 속에서

제3부

야누스

야누스
– 두 얼굴을 가진 사나이

태초에 인간이 세상에 태어날 때
아담과 이브가 선과 악을 가르치는
선악과의 아름다운 열매를
빛과 어두움도
모두가 존재의 가능성을
즐겁고 슬픔을
모두의 가슴 속에 스미며
좋은 것과 나쁜 것을
스스로 느끼면서 살아가라고
젊음과 늙음을 그 누구도 피할 수 없는
자연의 순리이며
숙명적 존재로 인간을 두드리고
스탕달의 적과 흑
이는 크나큰 영혼을 담은 현실이
야누스의 두 얼굴을 가진 사나이는
세상사 문을 바라보고 지키는
수호신의 존재였네

58

조그마한 마음은

조그마한 마음은
꿈을 가슴에 새기며
잔잔한 바람에도 흐느끼는
호수처럼 시작은 있네

남모르게 숱한 상상을
홀로 외롭게 다독여 보면서
희미한 미로를
외로운 고뇌(苦惱)를 가슴에 담고
찾고 찾아 지나가지만

저 높은 산 능선에
거센 바람 찬 이슬에
모든 걸 이룰 즈음
외로운 선택은
숱한 마음과 영혼을 잠재우며
이제 시작은 외롭고 아름답게
조용히 삶을 마무리 지어지네

나는 세상과 결혼한 신부였다

동지섣달 추운 겨울날
나는 경이롭고 신비스러운
이 세상을 신랑으로
맞이하게 되었다
나는 순종적이고 가난한
마음이 착한 신부였다
밝은 빛을 따라 조용히
하늘의 뜻을 따르기도 하고
때로는 별이 빛나는 빛과 어두움을
따르기도 하였으며
밤하늘의 수많은 별들을 주워 담기도 하였다
어두움은 사라지고 밝은 태양을 맞이하였고
모두들 일가친지는 나를 도와주시며
즐거운 마음으로 웃음을 서로 나누기도 하고
뜻하지 아니한 슬픔으로 마음 고통을 받기도 했다
그러나 모든 건 보이지 않는 때가 있는 것 같다
들에 핀 아름다운 꽃이 피고 또 지듯이
지금은 힘들지만 고통은 사라지고
세상의 신(神)은 나에게
따사로운 행운을 주셨다
세상은 시간을 따를 수밖에 없다
고요한 침묵의 그 날이 올 때까지

상상의 나래 펴고

잠시 조용한 미래를
스쳐 지나가는 바람결에
누군가 나누어주는
미래의 조명등으로
우릴 밝게 비춰주고
숱한 나눔의 이야기를
빛나는 꿈과
어두운 그림자 비춰주시는
우린 스스로 성선설로
현재 과거 미래를
나누고 나누었는데
모든 건 보이지 않는
성스러운 꿈과 이상을
잠에서 깨어난 꿈처럼 사라져
더 나은 미래를
지혜로운 상상의 나래를 펴고
영혼과의 이야기였나 보네

61

소중한 마음은

무거운 마음은 내려놓고
무아의 경지에서
고요히 흐르는 물과 같이
맑고 깨끗한 마음은
어떠한 흐름에도
흐려지지 아니 하네
맑은 선지식을 가지고
허구 많은 알 수 없는 마음도
서로가 만족할 수 있는
말과 행동을 바라볼 수는 있네
수많은 물질도 서로의 마음을
사로잡으려고 밝은 맑은 그림을 그려 보아도
천상의 가냘픈 음성으로
멀리 바라볼 수 있는
미래의 아름다움도
순간에서 영원으로 사라질지라도
에메랄드빛처럼 빛나는 소중한 마음은
한 점 부끄럼 없이 영원히 영원히
소중한 마음으로 남아 있을 뿐이네

사랑과 영혼

모든 생명체 중에서
우리의 육체는
신의 아름다운 영상으로 빚은
최초의 선물이자
마지막 선물인
고귀한 영혼을 담은 그릇이고
영혼은 끝없이 아름다운
보이지 아니 한 밝고 맑은
마음을 담은 그릇이고
마음은 가슴 속 깊이
우러나오는 아쉬움과 그리움으로
보석과도 바꿀 수 없는
베풀어주는 사랑을 담은 그릇이요
모든 건 끝없는 사랑과 영혼일 뿐이네

63

기다린다 아름다운 미래를

이따금 지나가는 구름 속에 달 가듯
세월은 지나가고 보이지도 않고
들리지도 않는
고요한 미래는

쉼 없이 흐르는 물과 같아
시나브로 불어오는 바람만 스쳐가는
촌각(寸刻)의 나날들

우린 다가간다
미세한 바람에도 흐느끼는
조그마한 꿈을 안고
오늘도 어제와 같이 하루는
희미한 가로등 사이로
명멸(明滅)해 가는
반딧불처럼 반짝이면서
우린 기다린다 아름다운 미래를

64

그대 스승님의 사랑으로

멀고 먼 구름 속 같아
언제나 크고 적은 것을
흐리고 밝음을
상상해 보니
노여움과 밝은 빛을
온몸에 스미고

크나큰 영혼의 흐름을
조용히 흐르는 맑은 시냇가에
가냘프게 서있는
불안한 마음으로

하나하나 조심스러운
나날을 끝없이
밝은 빛을 바라보며
더 나은 내일을 위해
크나큰 은혜와
사라지지 않는 믿음과
가이없는 사랑으로
모두의 영혼을 구원해 주시리라
그대 스승님의 크나큰 사랑으로

나 스스로 있는 그대로

들에 핀 한 떨기 꽃잎처럼
안개 낀 자욱한 눈길 속에
간밤에 아름다운 꽃잎이
아침 이슬 아래
지나가는 순간은
너와 나 모두들 스쳐
느끼는 마음으로
잔잔히 스치는 바람결에
가지는 것 못 가지는 것
하나같이 마음을 비우는
허전한 그림자가
들에 핀 화사한 꽃잎처럼
아름다워라
나 스스로 있는 그대로

꿈속의 마지막 미소(微笑)

끝없이 날아갈 듯
날지 아니 하고
먼 먼 하루는 짧은 빛으로
머물러 지나가고
지난날의 웃음과 다정한 미소로
모든 걸 자상한
아름다움으로 다독여 보시는
긴 긴 흐름 속에
지칠 줄 모르는
마음과 미소로
그대 꿈속에 환한 웃음으로
이리도 다정한 모습
내생(來生)에 서서
조용한 미소로
반기시는 모습
이젠 그리워 볼 수 없는
기억 속에 희미한
꿈속에 그리는
마지막 미소였네

*꿈속에서 부정(父情)을 그리워하며

무리 지어

햇님은 우리를 따뜻하고
감미로운 마음으로
가슴 가득히 껴안아 주시고
달님은 포근하게
산산이 흩어진 마음을 모아주시며
먼 먼 창공에 별님은
하나 둘 가슴 속 깊숙이
반짝이면서 끝없는 미래를
무리지어 비춰만 주시네
아프리카 사파리 넓고 넓은 초원에
뛰어다니는 야생 동물들도
저마다 삶을 위해
무리지어 나누고 사라져가는
지상에 영장이고
우주를 깊게 꿰뚫어지게
바라보며 미세한 그림자도
간파하시는 인류(人類)도
무리지어 영생(永生)을 꿈꾸네

68

백조의 호수

해맑은 빛으로
일렁이는 물결을
고요히 바라보면
흐르는 멈출 수 없는
세월의 흐름처럼
흘러 흘러 고이지 아니 하고
지나가는 나그네같이
백조는 조용히 내려앉아
긴긴 울음으로
서로서로 나누는 물결
창공을 해맑은 새하얀 깃으로
까마득하게
멀리 멀리 실바람에도 흐느끼는 호수 위를
수많은 구름을 상상의 나래로
깃털을 모아
백조는 호수 위를 날아
스쳐 지나가 버렸네

내 사랑 어디에

흰 구름처럼
세월은 흐르고
맑은 하늘에
떠다니는 흰 구름
영원을 바라보며
쉼없이 지나가네
지성을 마음에 새기며
이성을 그리는 마음으로
한 발짝 두 발짝
흐트러진 자세를
바로 세우고
관능적이고 화려한 미모로
끝없는 미로(迷路)에
앞을 바라보아도
혼미한 상상력으로
지성과 이성을 오가는
찬바람이 스치는
마지막 부르는
허공에 날아드는
관능적인 상상에
스스로 쓰러져

70

순간은 머물고
내 사랑 어디에

지혜로운 님과의 만남은

지혜로운 님과 만남은
하나 둘 엮어나가는
보이지 아니 하는 실타래로
가슴 깊숙이 저며드는
먼 하늘에 구름 속 같아
깊은 마음의 영혼을 엮어
이상의 다리를 건너듯
조심조심 건너서
보이지 아니 하는
어두운 서산 위에
반짝이는 별처럼
나는 보았네
지혜로 빛나는
마음 한 구석 별을
가슴에 포근히 안았네
지혜로운 품속에
끝없이 헤매이는
영혼의 그림자로
행운과 지혜로 반짝이는 별을

숙명(宿命)일 수밖에

찬란히 비춰주는 태양 아래
모든 생명체는
쉬어가는 구름
아름다운 노을이 지는 언덕
스쳐 지나가는 바람 속에
조용히 큰소리로 눈물 흘리며
무아의 순간에서 빛을 바라보는 것도
운명이다
이제 시작이다
살아간다는 것은
결코 혼자 걸어갈 수 없고
만남을 이루고
다시 또 다른 미래를 바라보는 것도
스스로 이루는 것 같으면서
새로운 미래 내 사랑 어디에
만나고 헤어짐은
영원한 숙명일 수밖에 없다

73

사랑의 계절 |

행복이 머무는 곳

나 스스로
어렵고 힘들고
상상을 초월한
이해하지 못할 일을
한다고 상상하면
이 모두가
풀리지 않는 미래를
헤매이고 지쳐서
이루는 일이 사라져 버리네

나 스스로
잠재적으로 아름답고
좋은 일을 하면
스스로 모두가 느끼는
미래에 밝고
더 많은 것을 베풀 수 있는
일들이 지나만 가네

아름답고 좋은 일은
항상 느끼는 무의식 세계에서
깊은 마음 속에

아름다운 행운이
그대 가슴에 머물고
스쳐 지나가고 있네

제4부

늑대의 긴 턱

하늘을 바라보며

사랑 가득한 하늘 아래
내 마음 구름처럼 허공
파이란 미래를
끝없이 솟아오르네

내 마음 구름 위에
뙤약볕에 마르고 마른 마음을
푸근한 빗줄기
시원한 미래를 가늠하게 하네

내 마음 끝없이 내딛는
어두움이 내리면
밤하늘 자욱한 수많은 별들
은하수 속으로
미래의 꿈을 펼쳐
아름답게 살아라 하네

늑대의 긴 턱

깊숙한 달밤 찾아 이따금 구름 지나가고
달은 중천으로 솟구쳐 오르는데
어찌하여 울부짖느냐, 그대 혼자 몸이어
저어기 저 드높은 바위에 우뚝 올라서서

모진 사냥 뒤 불러 모으는 것은
사랑의 절규 아니라고 온 세상에 알리는 거냐
다만 늑대는 끈질긴 피붙이
3대가 한 군데 바윗굴 속에서만 뒹굴며
오늘도 저 들녘 끝끝내 양떼 겨누고 있다지

그 날카로운 어금니 빠드렁대는 어둠 속의 몸부림
홀로 서성이며 메아리치는 다시 아침나절의 외침은
모든 이로부터 '늑대고개' 라는 전설로
오해받고 있다는 거냐, 늑대는 혼자도 아닌데

79

모두를 배려하는 마음

스스로 자기의 실체를
느끼는 마음으로
상상하지만
한 순간 잊을 수 있는
망각의 그늘에서
찾고 찾아도 보이질 않는
가냘픈 자기의 마음을
나 스스로 느끼는 것도
타인이 있어야
나 스스로 알아 인지하듯이
모든 건 상대적이고
진정 모든 자연도
자기 자신도 배려하는
정성이 스스로
마지막 보이는 실체를
배려하는 것만이
삶의 의미를
모두를 배려하는
마음에서 이루어지리라
실체는 영원할 수 없기 때문에

하늘 멀리 우러러보며

먼 창공을 날 듯 날아갈 듯
날지 못하고
오를 듯 올라서도 오르지 못하는
마지막 남은 시간의 흐름을
잡을 듯 잡아도 잡히지 아니 하는
마음과 육체와 영혼의 마지막
힘으로 최선을 다하면
분명 이루어지리라
무언가 다독여 보며는
이룰 수 있는 마음
기쁨보다는 항상 두려움과
무언가 그리는 모습보다는
깊이 상상(想像)하고 생각(生覺)하고 고뇌(苦惱)하고
이젠 무엇이든 이룰 수 있다고
마음 조이며 애석한 영혼의 뜻과
정신력의 기적으로
이루어지리라 애석(哀惜)한 마음으로 모든 걸

자기 자신을 사랑하라

나를 아끼는 시련
나 스스로 사랑의 시련으로
멀리서 다가와
보이지 않는 밤하늘에 반짝이는
유성(流星)이 지나가듯
시간과 공간을
끝없이 걸어온 발자취처럼
새기며 지나가는
마음의 이정표를 내리고
조용히 차분하게
무엇이든 아끼는 마음으로
우린 스칠 것이니
멀고 먼 미래를
아무도 알 수 없는
자기 스스로 느끼며
조용히 걸어가는 이는
언젠가는 지나치지 아니 하는
중용(中庸)의 가늠길로
그대 가슴에 오래오래 머물러
지나갈 것이니
나 스스로 아끼는

나 스스로 자기 자신의
사랑의 시련으로
자기 자신을 진정 사랑하라

사노라면

세상의 빛이
그대 마음에 스며드는
모든 시련을 딛고
아름다움을 누리고
즐거운 마음
기쁨에 흐르는
남모르게
느끼는 순간
슬픔으로
그대 가슴에
어려운 시련으로
걷고 걸어도
끝이 없는
기다리고 기다리는
감격으로
만남의 순간도
잠시 잠깐 스치는
마음의 흐느낌으로
남모르게 흐르는
그대 가슴에
저며드는 사랑으로

숱한 날을 영광과
알지 못하는
마음의 어둠으로
지상에서 영원으로
마지막 기쁨이
그대 마음에
사노라면
아름다운 눈물이
사라지리라

침묵의 숲속에서

고요한 주변에
마주보는 두 눈들은
무엇을 그려볼까
마음을 그리는 모습
고요히 흘러 퍼지는 음성
황금처럼 빛나는 눈동자
조용한 흐름은 점점이 지나가고
무언가 그려볼까
아름다운 미래를
하나 둘 차분하게
망설임도 없이 들려오는
모두는 아름다운
은빛으로 물들어 가고
이제 서로는 쉴 새 없이
숨 가쁘게 줄달음치는
주위는 소란스런
그 나름대로 떠들썩한 모습
녹이 슨 구리처럼
지나만 가네
침묵의 숲속에서

*침묵은 금(au)이요, 웅변은 은(ga)
이고, 잡담은 구리(cu)라네

| 정의웅 제2시집

시녀(侍女)

마음은 텅 빈 공간
시공을 넘나드는
기다림 속에
순간(瞬間)도 초조한
흐름 결에
시린 손으로
하나 둘 조각하듯

메마른 산등성 위에
차분히 기(氣)를 세우는
정돈의 나열 속에
표적 없는 허공(虛空)만이
하루도 차디찬 손은
떨림으로 아름답게
마무리할 뿐
흐느끼는 가냘픈
시녀(侍女)일 뿐입니다

빛처럼 다가오는 사랑을 바라보며

산 넘어 먼동이 트는
조용한 아침
차분한 마음으로
밝은 날은 지나가고
바라보는 것마다
무엇을 꿈꿀까
사바세계(娑婆世界)의 미래를
서로서로 위하고 도움 되는
흐리다고 잠시 어두웠을 뿐인데
온누리에 스쳐 지나가는
보이는 생명체는 모두가 아름답다
동녘에 솟아오르는 해
중천에 구름 속 스쳐 지나가는 달빛
구만리 장천에 반짝이는 별들을 바라보면
마음에 기쁨이 머물러 있고
넓고 넓은 세계는 하나이다
조용히 마음을 뒤돌아보면
스스럼없이 다정하게 스며드는
다가오는 모두를 사랑하라
빛처럼 다가오는 사랑을 바라보며

옛날로 가고파

잔잔한 마음을
다소곳이 가슴에 담고
다정한 님의 모습
언제나 밤하늘에 수많은 별처럼
반짝이는 사랑을
영원히 영원히 담을 것 같은
이제는 찾을 길이 없네
꿈에도 잊지 못할
영상을 그리며
보고픈 마음
영원히 영원히
옛날로 가고파라
영원한 님의 마음
옛날로 가고파 잊을 수 없네
슬픔의 눈물을 가슴에 담고

한 순간의 흐름이어

조그마한 날들이
지나가는 듯
머물고 다시 떠나는
순간을 상상(想像)하는 찰나
기회는 어느덧
걷잡을 수 없는 먼 지난날로
흘러 버렸네

보일락 말락 모든 걸 움직여
다듬고 새기고 또 다시 정밀하게
분석하고 슬라이드에 비춰보아도
보이질 아니 하고
미세한 하나의 미립자를
나타내기엔
실험은 분명 불확실할 뿐이네

모든 건 지나가지만
이것으로 할까 저것을
이렇게 판단할 수 있을까
하는 망설임으로
진정 결정은 어려울 수밖에 없네

구름 속에

저 멀리 구름 속에
고요히 날아드는
기러기
언제나 철새처럼
어김없이 다녀가듯이
하늘 아래 철 따라
오가는 것도
모든 걸 가질 수 있는
지능을 겸비한 생명체는
자유롭지 못하면
어려운 환경에
어렵게 어렵게
모든 어려운 시련을
이겨내는 자만이
더욱더 값진 행복이라네

들국화에게

어둠이 멀어져가는
이른 새벽녘
고요히 내려앉은 아침 이슬이
외롭게 홀로 저만큼 피어있네
잔잔히 흐느끼는 마음 속
눈가에 아침 이슬이
외로이 가는 길에
미세한 바람에도
한 잎 두 잎
가랑잎은 떨어져 뒹굴고

그대 그리움은
멀리서 불러도 대답은 없고
그 님은 말이 없구나
어드메 계시온지

들국화는 송이 송이
아침 이슬에
한 잎 두 잎 떨어져
불러도 대답 없는
님의 모습 그리며

92

내 마음 그리움을
내 어이 전하리오
그리움만 바람에
자욱한 안개 속으로
외로이 메아리치며 사라지는
들국화도 그리움도
멀리멀리 멀어져만 가네

저만큼 저물며

고요한 영상에
신의 존재로
그림자처럼
살며시 가까이 다가오면

오늘의 하루는
보람 있는 나날 속에
스쳐 이루어지고

한낮의 눈부신 태양 아래
하루는 밝고 맑게 지나가지만
저 높은 산등성이에

저만큼 저 멀리
황혼이 드리우면
저만큼 그림자는 저물어 가고
오늘도 하루해는 여남은 미래가
저만큼 저 멀리 아름다운 내일을 위해
저물어 멀어져만 가네

삶은 외로운 실체

조그마한 마음의
꿈을 가슴에 새기며
잔잔한 바람에도 흐느끼는
호수처럼 시작은 있네

남모르게 숱한 상상을
홀로 외롭게 다독여 보면서
희미한 미로를
외로운 고뇌(苦惱)를 가슴에 담고
찾고 찾아 지나가지만

저 높은 산 능선에
거센 바람 찬 이슬에
모든 걸 이룰 즈음
외로운 선택은
숱한 마음과 영혼을 잠재우며
이제 시작은 외롭고 아름답게
조용히 삶을 마무리 지어지네

영혼 없는 그림자여

어느 날 보이지도 않고
상상을 초월한
떠들썩한 순간
인류 생명체에게
다가오는 모습
고스란히
스쳐 지나가는 바람으로
가슴 조이고
슬픔을 안겨주는
영영 가버리지 아니 하는
스스로 깨우치고
주어진 위치에
최선을 다하며
방황하지 말라는
자연의 가르침으로
우린 꿈과 영혼을
마지막 앗아가 버리는
크나큰 영혼 없는 그림자로
뇌리에 남아있으리라
영혼 없는 그림자여

*중동호흡기증후군(mers virus)
*2003년 사스
*2009년 신종플루
*2015년 메르스바이러스
*6년 주기로 진화되어가는 바이러스 세균이 나타나 호흡기내 비
　말로 세균 전염되고 메르스 발병 초기 2m~6m 이내 비말감염
　증후 포착, 인터페론 리바비린 등을 투약 항바이러스 치료를 시
　작하면 가볍게 앓고 넘어갈 수 있다.
*폐렴으로 진행 뒤 뒤늦게 치료하게 되면 면역력과 병의 저항력
　이 약해서 위험한 단계에 이르게 된다.

97

제**5**부

빙어 낚는
아이들

빙어(氷漁) 낚는 아이들

자연의 순리는
어김없이 돌아가고
사계절 중
바람이 불고 얼음이 얼고 추운 날
어김없이 경기도 양평
수미마을은 빙어낚시를

빙어는 얼음이 익어야
얼음 속 먹이 찾아 헤매이고
먹이 찾아 낯선 물감을
낚아채면

지상에서 내려다보는
빙어 낚는 아이들은
어김없이 빙어를
좋아라 하고 낚아채니
지상에서 영원으로
빙어는 한생을 마감하고
기나긴 겨울 사랑도 익어가고
아이들은 좋아라
빙어 낚는 아이들이네

100

숨바꼭질

보이지 않는 유령들은
지성의 보이지 아니 하는 그림자를
따라가고 따라가다
허공을 치솟고
때론 대지를 걸으며
멀고 먼 숲속에 숨어
찾을 수 없는 안개 속으로
우린 살아서
더 나은 오늘을 찾고 찾아
보이지 아니 하는 영상도
높고 높은 감각으로
모든 걸 이루고 찾고
씻고 잊을 수 있는
현실의 수레바퀴 속으로
허망함은 꿈속처럼 사라져 버리고
모든 건 아름다운
오늘 더 나은 내일을 위해
솟아오르는 태양 아래
맑고 밝게 비춰줄 것이리라
유령들의 숨바꼭질

101

그대 깨어 있으라

그대 꿈속에
먼 먼 구름 속
이따금 불어오는 잔잔한 바람에
해맑은 티 없는
어진 마음으로
크고 높은 지상에서
하늘의 빛을 바라보듯
멀고 먼 꿈을
펼칠 수 있는
큰 뜻을 가슴에 담고
모두에게 지킬 수 있는
영혼의 그림자로
빠뜨리지 아니 하는
우러러 바라볼 수 있는
예지의 눈으로
어려운 시련을
판별할 수 있는
꿈같은 밝은 지혜로
깊이 생각하고

분명하게 가늠할 수 있는
밝은 것을 고루 알아야 하고

서로가 주고 받을 수 있는
크나큰 믿음으로
마지막 한 점 부끄럼 없이
먼 날을 바라보듯
신(神)을 섬기듯
믿음이 있어야 하네
항상 깨어있으라
그대 꿈속에

마르지 않는 샘

고요함 속에 서서히 흐르는 물은
적막을 깨뜨리며
수수만년을 두고두고 그리워하는
영영 잊을 수 없는 순간을
머릿속에 잠재우는
영혼도 육체도 모두가 흐르는 물로

쉼 없이 흐르는
하늘과 땅을
모두 촉촉이 적셔주고

눈뜨면 푸른 하늘
떠다니는 뭉게구름
그 속에 기약없이
마르지 않고 흐르는

사랑과 영혼을 담은
영영 마르지 않는
흘러가는 샘물이었나 보네

104

시골길에서

별이 빛나는 밤에
나는 고요히 멀고 먼
여행 속으로 꿈을 꾸며
아름다운 밀라노에 새로 뜬 별
움베르토에코가 서산에 지고
베네치아에서 꿈속에 구름 타고
베네치아의 아름다운
음성 스치는 구름 속에 칸초네가
메아리치며 울려 퍼지는
꿈속에 나그네 마음을 달래만 주네
지난날의 아름다운 추억 속
새하얀 석호의 수상도시가
멀고먼 시골 여행길을
새벽녘 밝은 달이 구름 속을 지나
어둠의 그늘을 비춰만 주고
멀고 먼 시골 여행길을 걸어온
나그네가 꿈을 깨어 보니
이 모두가 사라져 간 꿈이었나 보네

*기호학과 문학을 넘나들고 이탈리아의 밀라노의 세계적인 지성
움베르토에코가 서산에 지다.

서두르지 말자

고요히 불어오는 바람결을 맞으며
우린 걸어가리라
태초에 머무는 계곡 속을
조용히 계절의 흐느낌으로
한 발짝 두 발짝
산속에 이름 모를 새들의 지저귐 속을
스쳐스쳐 찬란한 빛과
아름다운 마음의 느낌으로
하나하나 조심조심 살피며
끝없는 여로(旅路)로
여행을 하는 여정 속
차분하게 오늘도 지나가고
또 다른 내일도 미지의 세계로
지나가지만
서두르지 말자
시작이 있으면 끝도 있는 것이니
어려운 현실도 깊고 깊은
마음의 그늘 속도 알 수 없는 미련을 남기며
우린 걸어가리라
깊고 깊은 물 속은 알 수 있지만
여리디 여린 얕은 생명의 마음을

106

알 수 없는 그늘을 헤치며
더 나은 밝은 미래
더 나은 내일을 위해
하루도 이렇게 이렇게 서두르지 말고
차분히 걸어가리라

나를 찾아서

내 마음은
진정한 나를 찾아서
짧은 삶을 먼 길
구름이 떠다니는
황량한 들판
푸르름과 어둠이
넘나드는 하늘
그곳 진정한
나를 찾아서
멀고 먼 여정 속으로
구름처럼 떠다니고
보이지 아니 하는
깊고 깊은 곳에
섬세한 마음
진정한 나를 찾아서
하루해도 짧다고
이상의 나래를 펴고
넓고 넓은 세상을
구름처럼 떠다니고 있네
짧은 여정 속으로

108

베푸는 자는

하루하루 지새다가
이 세상에 부름을 바라보고
눈뜨면 모두들 나를 바라보고
기쁨에 넘쳐 마음은 가냘프고

모두가 가이 없는 도움으로
사랑과 축복 속에 영글어 가고
이미 베풀 수 있는 시간의 흐름으로
조심조심 앞만 보고 지나가는 즈음
우린 사랑에 보답하고자
한없는 빚을 지고
베풀며 베풀어도
부족한 나날이지만
어둠이 내리고
밤하늘에 반짝이는 수많은 별들이
찬란한 빛을 온누리에 내려주며
빚을 진 자들이 한없이 한없이 갚으며
밝은 미래를 끝없이 바라보고 있네

멀리 더 멀리

그대의 마음을
우린 상상하고
꿈을 꾸지만
스스로 느끼는
언제나 스치는 마음으로
'너 자신을 알라' 라고
외쳐대지만
가장 가까운 곳만
다독거려
한 순간 지나가고
더 멀리
그대 가슴 속에
이상의 나래를 펴고
나비처럼
살포시 내려앉아
먼 날을 바라보네
더 높은 곳을
오래오래 머물 수 있는
이상향(理想鄉)을
바라보리라
멀리 보라 더 멀리
더 높은 곳을

110

로댕의 사색하는 사나이

끝도 없이 돌 위에 조용히 앉아
깊은 수렁 속에 끝없는 상상(想像)을
턱을 괴고 눈을 감고

깊은 생각이 넘쳐나도
한 순간 무의식 찰나에서
깊은 잠속에 꿈꾸는 천사처럼
꿈을 꾸지만

하늘나라 어두운 지옥으로 향한
인간 고통 번뇌
생명은 살아 숨을 쉬고

언젠가는 천당과 지옥을
넘나드는 떠다니는 길손으로
지옥의 문으로 향한다고 느껴지면
고통과 보이지 아니 하는 번뇌는
스미는 바람처럼 마음과 몸을 가늠할 수 없는
순간 사색하는 사나이로 움직여주질 아니 하네

기적은 가슴마다

그리지만 말고 움직여
최선을 다해
세상사의 스쳐가는 인연으로
쓸쓸하게 홀로 걸어가게 되고
먼 곳의 빛을 바라보며
조금씩 조금씩 깊고 높고 낮은 곳을

만나는 곳마다
미지의 아름다운 공간을
하나 둘 엮어나가는
즐거움의 순간
남모르는 눈가에 이슬이

하늘은 멀고 먼 곳을 스스로 느끼며
들에 핀 잡초처럼
무성한 그날을 그리며
그대를 위해 모든 이의 가슴 속에
기적은 다소곳이 머물러 있다네

112

꽃잎은 바람에 지고

바람에 스치는 긴긴 시공 속에
훈훈한 바람이 불고
가버린 날들을 아쉬워하며
활짝 핀 꽃잎이
미세한 바람에 흐느껴
한 잎 두 잎 떨어져
가파른 언덕에 뒹굴지만
이리도 슬픈 마음을
가슴에 저미며
멀고 먼 날을 애절한 그리움으로
남몰래 흐르는 눈물로

저리도 속삭여 스쳐간 날을 그리워하며
이제 붉게 물든
미래를 한 아름 가슴에 여미고
하염없이 꽃잎은 바람에 지고
그대의 가녀린 마음으로
가이 없이 밝은 날을 기다리며 바라보는
꽃잎이 지는 들녘이네

마음에서 벗어나는

오늘 맑은 하늘 아래
태초에 이루어지는 것은
집착과 탐욕으로부터
우리의 영혼을
자기를 사랑한다는 것은
초연한 마음가짐은
현명한 삶의 지혜를
복잡한 일에서 벗어나는
마음의 헛된 욕심과 갈증이
증발해 버리도록
가만히 놓아두는
이 세상이 나 없이도
잘만 굴러간다는 자만이
깨닫는 속박에서 벗어난다는
마음의 자유이네
언젠가는 내 없는 뒤안길에
나의 혈육과
나를 아끼는 사람과
나없는 세상을 헤쳐 나가야
할 때는 반드시 온다네
마음에서 벗어나는
영혼을 그리며

영원한 불멸(不滅)은

마지막 시간
사라져 가는 가능성
인류가 스스로 발생시킨 지구의 변수
기후 온난화 현상
가장 큰 걱정은 보이지 않는
종(種)이 사라지듯
생명체는 조용하면서도 서서히 진화해 가지만
끝없는 변화를 추구하며
인간사회의 오류(誤謬)를 나타내지 않는
망각(妄覺)의 순간으로
삶의 허물어져 가버린 그림자를
애타게 바라보며
아직 드러나지 아니 한 미래를 찾는다지만
잊혀진 오늘 자기란 존재가
명멸(明滅)해 가기 때문에
마지막 시간
영원(永遠)한 불멸(不滅)은 없다

* 적자생존 생자필멸(適者生存 生者必滅)

삶의 그림자

뙤약볕은 호숫가를
고요히 더듬는
가냘픈 바람에도
흐느끼는 호수 위를
일렁이며 지나가네

서산 위에 밝은 빛은 사라져가고
휘영청 달빛은 밝은데
사랑하는 님과 함께
호수 위 흔들리는 외나무 다리를
행여나 떨어질세라
살포시 걸으면서
호수 위에 두 얼굴이 비치는
그림자와 함께
꿈속처럼 지나가네

뒤돌아보면
서산 위에 달빛은
저만큼 기울어져 있고
영혼도 사랑도
이 모두가 구름 속에 스며
아름다운 삶의 그림자였네

116

그림자의 마지막 잎새

고요히 바라보면
마음과 몸이
항상 지쳐 있는 상황
가까운 벽에 비춰 있는 그림자

보이지도 않고
느끼지도 못하지만
비춰 있다는
실착행위로
꿈속을 방황하는
영혼과 미지의 세계를
흩어지고
떨어져 버리면
큰 꿈도 사라져가는
하나의 이상이
환상으로 보일 때
그대 그림자로
생명을 연장할 수 있다는 믿음으로
우린 멀고 먼 이상으로
깊은 환상에
모든 걸 이루어지고 있으리라
그림자의 마지막 잎새

抒情의 美學과 삶의 眞實 追求

홍윤기

일본센슈대학 대학원 국문학과 문학박사(시문학)
국제뇌교육종합대학원대학교 국학과 석좌교수(현재)
한국문인협회 고문/국제펜클럽 한국본부 고문(현재)

시인에게 주어진 명제는 삶의 진실 추구의 언어적인 미학이다. 무엇 때문에 시를 쓰는가. 그것은 두 말할 것도 없이 시를 통한 삶의 진실을 추구하는 부단한 문학의 작업이라고 본다. 심미적 서정시인 라이나 마리아 릴케(Rilke, Rainer Maria, 1875~1926)는 장미가시에 찔려 세상을 등졌다고 한다. 어째서 그가 장미가시에 찔려 죽었다는 것인가. 세상 사람들은 "과연 시인답게 낭만적으로 떠났군" 하고 웃어 넘겼을는지도 모른다. 장미 가시의 독으로 파상풍에 신음했을 시인 릴케를 떠올리기 전에 그가 '장미의 시적 진실'을 추구하여 시로써 참답게 한 편의 시를 형상화시키느라 간단없이 장미꽃밭에서 장미를 어루만졌을 것을 연상해 보면 어떨까.

우선 정의웅 시인의 시세계에 함께 들어가 보기로 한다.

118

던지면 던질수록 맑고도 머언 공간에
뻐근하게 안겨주는 기이다란 여운

한 가닥 애틋한 부정을 다시금 아득히
남기며 끝도 소리도 없이 지나가 버리지만
품안의 혈육의 정을 가늠할 수 없다네

아는가 그대는
둘이서 엎치락뒤치락 보이지 않는 미래를
끊임없이 기다랗게 그리고 있다는 것을

빛부신 미래에로 서로는 다짐하는 마음으로
하나의 시공을 넘나들며 아득히 다시금 던져도
끝내 갈르지 못하고 되돌아오는 저 거센 날개를
우리는 서로가 담고 있는 것이야

- 〈부메랑〉 전문

　정의웅 시인은 〈부메랑〉을 인생 역정의 참다운 과정으로서
설정하는 매우 뛰어난 발상으로써 우선 이 시집을 애독하는
독자들을 감탄케 하였다. 독자 여러분은 이 시를 몇 번 거듭
읽고 나서 조용히 눈을 감기 바란다. 그리고 제3연 "아는가
그대는/ 둘이서 엎치락뒤치락 보이지 않는 미래를/ 끊임없이
기다랗게 그리고 있다는 것을" 통하여 마음 속에 부메랑으로
귀결하는 스스로의 생(生)의 과정과의 하나의 절절한 큰 만남
을 하게 되리라. 즉, "빛부신 미래에로 서로는 다짐하는 마음

으로/ 하나의 시공을 넘나들며 아득히 다시금 던져도/ 끝내 갈르지 못하고 되돌아오는 저 거센 날개를/ 우리는 서로가 담고 있는 것이야"(마지막 연)라고 부메랑을 통한 삶의 진실을 릴리컬하면서도 단호하게 결단하는 의미를 추구하고 있어 매우 감격적이다.

한 편의 시를 쓰기 위한 시작업의 고통을 어쩌면 범인(凡人)들은 아랑곳하지 않을 테지만, 라이너 마리아 릴케는 "시인의 작업은 언제나 생의 중심에서 빛나는 시혼(詩魂)을 담는 일"이라고 말한 것처럼 정의웅 시인의 〈부메랑〉에서 우리는 모두가 어느 사이엔가 다시 부메랑으로 리얼하게 회귀하는 시혼의 진실과 마주치게 되기에 이 한 편의 시는 독자들의 삶의 예지를 가슴 뿌듯하게 안겨주리라 보고 싶다.

여명이 밝아올 즈음
님의 마음 속으로
뜻을 따르고

희미한 미래를
바라보는 것도
사랑이 있어
이 세상에 환생(還生)하였고
진정한 영혼의 뜻으로
하루를 지새우네

사랑이 없이

120

바라볼 수도 없고 만날 수도 없네
맑은 영혼의 가르침으로
우린 살아가리라

이 세상에 존재하는
님으로부터 물려받은 육신
그 자체가 사랑의 결정체이기에
섬김 아님이 없고
진정 사랑의 계절이라네

- 〈사랑의 계절〉 전문

　정의웅 시인이 설정한 이번 제2시집의 테마 시작품을 읽어
보았다. 우리는 여기서 다시 한 번 이 작품을 음미하면서 시
인이 제시한 명제와의 접근을 시도해 보자. 오늘의 시는 인고
속에서 흡사 명주(銘酒)를 양조해내는 일과 마찬 가지로 새로
운 콘텐츠를 창출해내야 한다는 것을 잘 보여준 것이 역편(力
篇) 〈사랑의 계절〉이다. 시인의 설정한 '님'은 그에게 있어서
절대자이다. '님'은 부처님이기도 하고, 아니면 신(神)이거나
그의 조상님이기도 하리라. 우리는 시인이 추구하는 시세계
의 그렇듯 오묘한 경지를 저마다 연상해 보면서, 어제까지의
낡은 사고와 지루한 유어반복의 되풀이 시작법(詩作法)을 훨훨
털어버리고 새로운 이미지의 빼어난 메타포로 현대시가 창
작되어야 한다는 것을 제대로 제시하고 있다.
　그러기에 "사랑이 없이/ 바라볼 수도 없고 만날 수도 없는/
맑은 영혼의 가르침으로 우린 살아가리라"라는 화자의 시를

빚어내는 피땀의 새로운 시 형상화(形象化) 양식(樣式)의 도입
과 마주치게 되었다. 그렇다. 21세기의 현대시는 이제 구시대
의 진부한 낡은 시적사고(詩的思考)의 틀을 과감하게 깨뜨리는
세련된 일상어(日常語)에 의한 이미지의 심층(深層)의 전환(轉換)
수법이 새롭고, 풍자적인 메타포(metaphor)의 기교 또한 뛰어
나야만 한다는 한국 현대시의 가편(佳篇)이 〈사랑의 계절〉이
다.

　　이 지상으로 그물 드리운 그 솜씨
　　그리움 속 먼 날의 그 감각의 맛 언저리로
　　모든 어두움이 내린 벌판
　　누구냐 혼자서 서성이는 이

　　상상이 필요할 땐 꿈을 꾸는 거야
　　하나하나 모두를 엮을 수 없을 정도로
　　그때그때 피조물은 신의 능력으로
　　모든 걸 이루신다고 하더구나

　　아쉬워할 땐 언제나 소중하게만
　　이루어지고 있다네 그 빛나는 한 줌
　　그리고 그윽한 노래 한 가닥
　　행복이 머무는 곳

　　　　　　　　　　　- 〈소금의 노래〉 전문

122

'소금' 의 소중함은 싱거운 음식을 맛좋게 다스리는 데 있

다는 것이냐. 아니다. 여기서 시인이 설정한 그 짜고 쓰디쓴 신고로운 메타포의 눈물겨운 진실의 토로는 우리들 가슴을 더욱 아프게 저며오는 것은 아니겠는가. 소금의 이미지를 우리는 저마다 다시금 짜디짜거나 쓰디쓰게 맛보면 어떨까. 여기서 이미지라는 말의 유래를 살펴보면 본래 영어가 아닌 라틴어에서 생긴 낱말이다. 지금의 영어가 된 '이미지'(image)는 라틴어의 '이마고'(imago)가 그 모어(母語)이다. 라틴어로서의 '이마고'는 '흉내내기'(copy)라는 뜻을 가졌다. 또한 '이마고'는 영어의 '이메진'(imagine/상상한다)이라는 단어와 '이메지네이션'(imagination/상상/상상력)이라는 낱말도 만들어 주었다. 더구나 참다운 가치 있는 시는 지금까지 다른 시인들이 전혀 다루지 않은 새로운 제재이거나 소재의 빛나는 이미지의 신선한 시작업이다. 그것은 곧 한국현대시를 발전시키게 될 것이다. 그럼에도 불구하고 대부분의 시가 개성이며 독창성에서 벗어나 있지 않은가. '소금'의 소중함과도 같은 소금의 이미지를 독자들은 누구나 다시금 음미해 볼 일이 아닌가 한다. "이 지상으로 그물 드리운 그 솜씨/ 그리움 속 먼 날의 그 감각의 맛 언저리로/ 모든 어두움이 내린 벌판/ 누구냐 혼자서 서성이는 이"라고 정의웅 시인은 인생의 핵심 그 자체는 소금덩이보다 더 짜고 쓰고 고통스러움은 아니냐고 외치고 있는 것은 아니런가.

태초에 인간이 세상에 태어날 때
아담과 이브가 선과 악을 가르치는
선악과의 아름다운 열매를

빛과 어두움도
모두가 존재의 가능성을
즐겁고 슬픔을
모두의 가슴 속에 스미며
좋은 것과 나쁜 것을
스스로 느끼면서 살아가라고
젊음과 늙음을 그 누구도 피할 수 없는
자연의 순리이며
숙명적 존재로 인간을 두드리고
스탕달의 적과 흑
이는 크나큰 영혼을 담은 현실이
야누스의 두 얼굴을 가진 사나이는
세상사 문을 바라보고 지키는
수호신의 존재였네

- 〈야누스〉 전문

　〈야누스〉(Janus)는 로마신화에 나오는 두 얼굴을 가진 신(神)이다. 성(城)과 집의 문을 지키며, 전쟁과 평화를 상징하거니와 정의웅 시인의 〈야누스〉 작품의 성패 여부를 떠나, 우선 남의 것이 아닌 내 것에 대한 시인의 진지한 시작(詩作) 정신을 우선 높이 평가하고 싶다. 시인이라면 응당 한 번쯤은 다룰 만한 훌륭한 소재가 양면성(兩面性)의 존재 의미의 승화 작업이며 알찬 제재(題材)이다. 시가 새롭다는 것은 남들이 흔히 다루는 소재며 제재를 벗어나 자아의 독특한 개성적 시작업이 너무도 소중하다. 이 시가 그 시 같고 그 사람이 쓴 것이나 저

124

사람이 쓴 것이 비슷비슷해서는 아무런 문학적 성과가 없다. "위대한 문학이란 가능한 최대한(最大限)의 의미가 담겨진 충실한 언어에 있다"(〈How to Read〉, 1931)라고 설파한 것은 에즈라 파운드(Pound, Ezra Loomis, 1885~1972)였다. 20세기 대시인 T. S. 엘리엇(Eliot, Thomas Sterns, 1888~1965)을 키워낸 스승이었던 이른바 '현대시의 순교자' 로서 추앙받는 에즈라 파운드의 이런 지적은 곧 그가 서구의 젊은 시인들에게 큰 영향을 줄 수 있었던 가장 두드러진 명언이 아닐 수 없다. '가능한 최대한의 의미가 담긴 언어' 로서의 시를 쓴다는 것은 과연 무엇을 가리키는가. 그것이야말로 오늘날과 같이 시가 유형화(類型化) 되어 진부하고 시어(詩語)가 황폐해진 시대에 어쩌면 가장 적절한 가르침이 아닌가 싶다. 시인에게 맡겨진 새로운 상상력이 담긴 충실한 의미를 포괄하는 시의 표현이 바로 에즈라 파운드가 요청하는 '최대한의 의미가 담긴 언어' 이다. 좀 더 구체적으로 설명하자면 지금까지 남이 쓴 일이 없는 새로이 창작된 감동적인 훌륭한 시를 뜻한다. 그와 같은 견지에서 이번 정의웅 시집에서 음미해 볼 만한 작품이 아닌가 한다.

깊숙한 달밤 찾아 이따금 구름 지나가고
달은 중천으로 솟구쳐 오르는데
어찌하여 울부짖느냐, 그대 혼자 몸이어
저어기 저 드높은 바위에 우뚝 올라서서

모진 사냥 뒤 불러 모으는 것은

사랑의 절규 아니라고 온 세상에 알리는 거냐
다만 늑대는 끈질긴 피붙이
3대가 한 군데 바윗굴 속에서만 뒹굴며
오늘도 저 들녘 끝끝내 양떼 겨누고 있다지

그 날카로운 어금니 빠드렁대는 어둠 속의 몸부림
홀로 서성이며 메아리치는 다시 아침나절의 외침은
모든 이로부터 '늑대고개' 라는 전설로
오해받고 있다는 거냐, 늑대는 혼자도 아닌데

- 〈늑대의 긴 턱〉 전문

'늑대' 라는 주제의 설정이 너무도 흥미롭다. 삶의 각축장
인 오늘의 현실 속에서 우리는 '늑대' 의 페이블(우화, 寓話)과
마주하게 되었다. 시인의 시세계가 사뭇 변모하고 있다. 이번
정의웅 제2시집은 너무도 바람직한 작품집으로서 독자들에
게 당당하게 제시되고 있어서 주목된다. 종래의 리리시즘에
서 이제 성숙한 인생 역정이 눈부시게 꽃피는 포이추리로 선
진(先進)했다고 먼저 평가하고 싶다. 전편적으로 살펴보면 자
못 신중한 시적 음성이 나직한 토온이면서도 빛나는 생(生)의
경이(驚異)와의 참신한 충돌이거나 새로운 생성(生成)의 접촉
을 철저하게 추구하고 있다. 〈늑대의 긴 턱〉에서 보면 화자의
과감한 메타포는 겉으로는 시니컬한 새타이어와 더불어 우
화적(寓話的)인 새로운 공감대를 형성하는 뛰어난 아포리즘
(aphorism)의 시도를 잘 보여주고 있다. 혼자가 아닌 아비 늑대
의 사명은 과연 무엇인가. "그 날카로운 어금니 빠드렁대는

126

어둠 속의 몸부림/ 홀로 서성이며 메아리치는 다시 아침나절의 외침은/ 모든 이로부터 '늑대고개' 라는 전설로/ 오해받고 있다는 거냐, 늑대는 혼자도 아닌데"라는 정의웅 시인의 한국 현대시 작업으로서의 순수 가치를 뛰어난 이 시작품으로써 승화(昇華)시키려는 야심 또한 바람직하다. 다시 다음 작품들도 함께 감상하며 한 편씩 접근해 보자.

자연의 순리는
어김없이 돌아가고
사계절 중
바람이 불고 얼음이 얼고 추운 날
어김없이 경기도 양평
수미마을은 빙어낚시를

빙어는 얼음이 익어야
얼음 속 먹이 찾아 헤매이고
먹이 찾아 낯선 물감을
낚아채면

지상에서 내려다보는
빙어 낚는 아이들은
어김없이 빙어를
좋아라 하고 낚아채니
지상에서 영원으로
빙어는 한생을 마감하고

기나긴 겨울 사랑도 익어가고
아이들은 좋아라
빙어 낚는 아이들이네

– 〈빙어 낚는 아이들〉 전문

　인생의 값진 발자취를 빙어 낚는 아이들의 현실에서 캐낸
다기보다는 스스로의 삶의 탁마가 한 편의 리얼하면서도 심
오한 자아성찰의 역편을 생산하고 있다. 그러기에 우선 이 작
품은 매우 건강한 시세계다. 시는 얼마나 신선한 발상을 담아
내느냐에 그 성패가 달린다.

　"지상에서 내려다보는/ 빙어 낚는 아이들은/ 어김없이 빙
어를/ 좋아라 하고 낚아채니/ 지상에서 영원으로/ 빙어는 한
생을 마감하고/ 기나긴 겨울 사랑도 익어가고/ 아이들은 좋
아라/ 빙어 낚는 아이들이네"라는 메시지가 독자에게 안겨주
는 인생의 이미지란 과연 어떤 것인가를 흥미롭고도 절실하
게 메타포하고 있다. 그야말로 한국인 어른들의 눈으로 순수
무구한 어린이들의 생동감 넘치는 삶의 한 단면을 투시하며
인간의 전형적인 삶의 과정을 진지하게 비교 통찰하는 보다
밝은 앞날을 열망하는 메시지가 화자에 의해서 예리하게 이
미지화되고 있다.

　인간에게 있어서의 삶의 낚시질을 연상하면서 이 작품을
읽는다면 삶의 존재 가치를 메타포하는 이미지의 다양한 형
상화 작업이 돋보이는 가편이다. 시의 진실에 접근하기 위해
붓을 들고 시를 자꾸 쓰면 누구나 좋은 시인이 된다.

　여기서 기본적인 과제는 그 시인이 얼마나 새로운 콘텐츠

128

(내용)를 그의 시작품 속에 세련되게 담느냐다. 다시 한 걸음 앞서 한 가지 더 중요한 것은 그 시인이 천품적으로 시적 재질을 타고났느냐고 묻게 된다. 그런 견지에서 나는 응당 정의웅 시인의 시적 재능을 높게 평가하련다.

이번 제2시집에 담긴 시작품들을 꼼꼼히 읽어보면 그 시인의 역량은 저절로 나타나기 마련이다. 전편적으로 그 빼어난 표현의 전환적 테크닉을 우리가 살피게 되듯 앞으로 더욱 시어 수사(修辭) 처리 등 꾸준히 탁마한다면 미구에 더 많은 뛰어난 시작품들을 독자들에게 폭넓게 보여줄 것을 값지게 기대해야 할 것 같다.

내 마음은/ 진정한 나를 찾아서/ 짧은 삶을 먼 길/ 구름이 떠다니는/ 황량한 들판/ 푸르름과 어둠이/ 넘나드는 하늘/ 그곳 진정한/ 나를 찾아서/ 멀고 먼 여정 속으로/ 구름처럼 떠다니고/ 보이지 아니 하는/ 깊고 깊은 곳에/ 섬세한 마음/ 진정한 나를 찾아서/ 하루해도 짧다고/ 이상의 나래를 펴고/ 넓고 넓은 세상을/ 구름처럼 떠다니고 있네/ 짧은 여정 속으로

– 〈나를 찾아서〉 전문

새로운 개성적인 시를 보여주는 것이 곧 시문학의 새로운 가치 창출이다.

"진정한 나를 찾아서/ 하루 해도 짧다고/ 이상의 나래를 펴고/ 넓고 넓은 세상을/ 구름처럼 떠다니고 있네/ 짧은 여정 속으로"는 결어로서의 메타포는 화자의 이상을 자신의 내부로 받아들여서 객관적으로 창작 발상하는 '초자아'(超自我)의

시세계 형성이다. 프로이드(Freud, Sigmund, 1856~1939)는 "인간 개인의 개성(퍼스낼리티)에는 3개의 가면(假面)이 있는데, "자아의 내부에서 선악을 판단해내는 초자아야말로 참다운 제3의 가면이다"라고 지적했다. 누구라도 그와 같은 관점에서 〈나를 찾아서〉와 같은 정의웅 시인의 개성적인 시세계에 접근하면 좋을 것 같다.

한국에서는 1908년부터 시인 최남선(崔南善, 1890~1957)에 의해서 서양의 자유 서정시 형태가 서서히 등장하기 시작하였으며, 금년은 그 108 주년을 맞는 해이기도 하다. 최남선에 잇따라 〈진달래꽃〉의 김소월(金素月, 1903~1935) 시인, 〈빼앗긴 들에도 봄은 오는가〉의 이상화(李相和, 1900~ 1943) 시인, 〈봄은 고양이로다〉의 이장희(李章熙, 1902~1928) 시인과 같은 선각자적 우수한 서정 시인들이 1920년대 중반, 이 땅에 속속 등장하여 한국시단을 그들만의 새로운 이미지로써 눈부시게 꽃피우게 된 것을 우리는 꼭 기억해 두어야 한다.

그리고 오늘 우리는 그와 같은 한국 서정시의 오랜 맥락에서 정의웅 시인의 새로운 시대적 이미지와 서정의 시세계로 함께 접어들게 된 것임을 상기해 둘 일이다.

130

작품후기

 형이하학적(形而下學的)인 것보다는 좀 더 서정적(抒情的)이고 (metaphysical school poetry), 형이상학적(形而上學的)이며, 에로스(Eros)적인 것보다는 아가페(Agape)적인 면모를 간직하고 싶었습니다. 그리고 부족한 저의 마음과 영혼을 담아 마음에 뿌린 씨앗을 골고루 펼쳐 작품의 아름다움을 좀 더 미학적(美學的)으로 보여드리고자 노력했습니다.

 특히 끝없는 시적 갈망에 희망 어린 사랑으로 성심을 다해 가르침을 베풀어주신 스승님, 바로 한국현대시문학연구소 소장이신 문학박사 홍윤기 교수님(국제뇌교육종합대학원대학교 석좌교수)과 늘 따뜻한 마음으로 격려를 아끼지 않는 아우님으로 대림대학교 총장을 지낸 제갈정웅 박사님(이화여자대학교, 서울과학종합대학원대학교 겸임교수), 이 두 분의 도움으로 시인이 되었기에, 이 두 분과의 금생의 인연에 가이 없는 고마움을 표하며, 진심으로 사랑과 행운을 한 아름 가득 담아 보내드리고 풍성한 가을 추수가 되시기를 빌면서 이 글을 올립니다.

 감사합니다.

시인 정 의 웅 드림

정의웅 제2시집

사랑의 계절

•

지은이 / 정의웅
발행인 / 김영란
발행처 / **한누리미디어**
디자인 / 지선숙

•

08303, 서울시 구로구 구로중앙로18길 40, 2층(구로동)
전화 / (02)379-4514, 379-4519
Fax / (02)379-4516
E-mail/hannury2003@hanmail.net

•

신고번호 / 제 25100-2016-000025호
신고연월일 / 2016. 4. 11
등록일 / 1993. 11. 4

•

초판발행일 / 2016년 10월 17일

•

•

ISBN 978-89-7969-723-0 03810